木瓜集

叶帮义 ◇ 著
MUGUAJI

安徽师范大学出版社

· 芜湖 ·

责任编辑:侯宏堂　刘　佳
装帧设计:丁奕奕
责任印制:郭行洲

图书在版编目(CIP)数据

木瓜集/叶帮义著. —芜湖:安徽师范大学出版社,2015.7(2025.1 重印)
ISBN 978-7-5676-2082-7

Ⅰ.①木…　Ⅱ.①叶…　Ⅲ.①诗集-中国-当代　Ⅳ.①I227

中国版本图书馆 CIP 数据核字(2015)第 164341 号

木 瓜 集

叶帮义　著

出版发行:安徽师范大学出版社
　　　　　芜湖市九华南路 189 号安徽师范大学花津校区
　　　　　邮政编码:241002
网　　址:http://www.ahnupress.com/
发 行 部:0553-3883578　5910327　5910310(传真)
　　　　　E-mail:asdcbsfxb@126.com
印　　刷:阳谷毕升印务有限公司
版　　次:2015 年 7 月第 1 版
印　　次:2025 年 1 月第 2 次印刷
规　　格:889×1194　1/32
印　　张:5.5
字　　数:90 千
书　　号:ISBN 978-7-5676-2082-7
定　　价:38.50 元

目录

1

投我以木瓜，报之以琼琚。 匪报也，永以为好也。

——《诗经·卫风·木瓜》

无题

WUTI

夜色就这样悄然地降临

那金黄的蝴蝶怎么还没回来

在这逐渐浓黑的夜里

它能否找到回家的路

我仿佛听到

它远远地向我寻觅的声音

无　题

一

假如岁月能够重新开始
我愿意远远地看你
直到你我都成为彼此的风景

当你变成了一棵树
我便是那遥远的风
在天的那一边
正朝你缓缓吹来

二

即使所有的邂逅都是忧伤
我也愿意遇见你
只因为分手的刹那
你蓦然的回首
曾教我深深地感动

你的一句　等我
既让我心醉　又让我心碎
心醉着与你再次聚首
聚首于这温暖的城市
心碎着我仍在这里等候
而所有的列车都已开出

三

你说，你曾经在窗前堆了一个雪人
你要让它变成天使
为我们的爱情祝福

今夜，今夜，暴风雪又将来临
那个天使般的雪人是否依然活着
请把我所有的热泪给它
让它也知道冬天的温暖
让它也知道我们的感动
让它与我们的爱在一起　永不孤独

要不，就让它今夜死去
死在风雪的怀抱
就像死在恋人的怀里

当你第二天醒来

它仍然远远地凝视着你
宛如当初为我们祝福

四

假如所有的冰雪都已融化
我的身体也变成了土
我仍然希望在我湿润过的地方
长出一棵相思树

当你像飞鸟一样
重新降临我的枝头
我仍为你飘舞　　飘舞
只是　只是　在飘舞的风中
你可听到我哭泣的声音

五

如果你真的爱我
就请你亲口对我说出
那美丽的三个字

为什么你默默无语
只是用你的眼睛
倾听着我的心事

是否　你已知道
当你还未开口
我已在内心里
将你深深地答应

六

在落花如雨的季节
我总是忍不住落泪
将记忆
一页一页地淋湿
而我　始终
没有将你看清

七

假如我的爱人是一条小溪
我就是在她前方等候的大江
只要她流进我宽广的河床
我就会带她奔流到远方

八

在分别的时候

无题

我们彼此挥手
一遍又一遍
却忘了向对方说一声
——再见

九

你远远地笑
使我变成温柔的草
随风飘摇　随风飘摇
飘摇着我的温柔
你的笑

十

我的相思就像秋天的雨
滴落在你的枝头
却长不出一片新绿

当我变成了雨中黄叶树
你可还是那个灯下为我白头的人

十一

如果爱情是酒

为什么刚入口时无比醇香
而在酒醒时
总觉得心里无限忧伤

如果爱情是火
我是否把你灼伤
一如今夜的我
用思念把我自己
燃烧得生疼　　生疼

无题

十二

你说
爱情就像一棵树
哪棵树高你就攀哪棵

我说
爱情就像一棵树
即使把它当柴烧也是美丽的

十三

你有你的芬芳
我有我的美丽
一如你有你的孤独

我有我的寂寞

十四

有句话
我一直没有跟你说起
只因月亮还没照着那棵开花的树

现在，月亮终于照着我美丽的叶子
而你已错过我的花期
我又能对你说些什么

当月光照着满地的落英
你可曾发现最后一枝
还有我为你流下的忧伤的泪

十五

当岁月的河流都已干涸
而我还在干涸的河床
年轻的你啊　柔情似水
还肯为我顺流而下么

十六

多想看看现在的你
趁秋风还没来临
想必你还是那么美丽
一如那个夏季的你

明朝　你我又要别离
而且　不知道归期
一旦秋风来袭
你是否依然亭亭玉立

无 题

今晚　我愿变成西窗的烛
你愿否变成巴山的夜雨
为我　点点滴滴　点点滴滴
涨满窗外的秋池

十七

我已老去
变成枯萎的根
而你依然年轻
像碧绿的叶

当你终于不再年轻

你是否还会记得
在你飘零的天空下面
有我　枯萎的根
和我　不死的心

十八

我是一棵小松
栽种在深秋
虽然
只蒙受过最后一阵秋风的温柔
只领略过最后一缕秋日的温馨
可是　有谁知我
冬日的青青
原只是　眷恋着
秋天的心情

十九

爱情是一双纯洁的手
你牵着我的
我牵着你的
在手心里偷偷地藏一粒种子
也能生出满目的春意

二十

这辈子我错过的太多太多
来世请你做一个多情的公子
我愿意是那个等你的女子
只要你能遇到我
还能认出我今天的模样
我就会答应做你的新娘

但也许　在新婚的晚上
你像我今天一样流泪
那时　我将拥你入怀
温柔地拂你　拂你
年轻而湿润的脸庞

二十一

我知道　这辈子
你不会给我美丽的承诺
也请你在心里
把我深深地记着

来生如果相遇
你一定能在滚滚的红尘中
认出当初的我

并朝我远远地挥手

无论我是在
关关雎鸠的沙洲
还是在
蒹葭苍苍的江边
我一定为你顺流而下
还穿着你给我买过的红裙
请和我一起登上
那等候已久的木兰舟
但请你不要回首
不要回首来时的路
——那里早已是落英缤纷

二十二

我总是在夜里想起
你在江边与我别离
那迢迢不断的江水
和春天一起
和你一起
与我别离

多少个不眠的夜啊
我都听到江边的涛声

江水亦无眠啊

年轻的你　是否

是否

也在这样的夜里无梦　无眠

今夜　秋风吹起

我在江边等你

你是否连夜归来

可是　在这个没有月亮的晚上

我又如何看清

你迟来的白蘋舟

又如何看清

你在舟中朝我轻轻地招手

无题

二十三

在这静静的夜里

你有寂寞的江面

我有夜行的船

我已驶过无数的城市与村庄

只为寻你宁静的港湾

是否为我亮起温暖的灯光

你的港湾没有风　也没有浪

只有你我甜蜜的梦乡

只是，只是
明朝我仍将远航
当朝阳照满宽阔的江面
你听我呜咽的汽笛
和你呜咽的涛声一样忧伤
但我仍然请你
请你为我挥动祝福的旗帜
而我也将为你留下温暖的桥梁

二十四

那远古的青鸟
和河边的雎鸠
都曾见过我们的相遇

那陇头的梅花
和灞桥的杨柳
也都见过我们的别离

那燃烧的红烛
和梧桐叶上的夜雨
都曾为我们点滴到天明

那水中羞怯的鱼
和天上缥缈的雁

也都为我们传递过爱情

而今
南国的红豆已不再生长
溪上的红叶也不再芬芳
这里　只剩下我和西风
还有你骑过的一匹瘦马
我该到哪里去寻你
断肠人啊断肠人
你是否还在天涯

无题

二十五

如果没有上帝
我如何能遇见你
并且在无数个夜晚发誓
不再把你想起
却仍然在每一个誓言之后
和月亮一起
夜夜　夜夜寻你的踪迹

如果真的有上帝
为什么又不让我与你牵手
眼睁睁地看你在黄昏里消失
直等那无边的夜色紧紧包围着我

并将我慢慢地窒息

二十六

爱情让我如此勇敢
可以在悬崖的最高处
为你　写下
最坚硬最温柔的诗句

爱情又让我如此懦弱
不敢在你面前温柔地表达
只因你是我心中圣洁的女神
而我只是一颗世俗的灵魂

即便真的是这样
我也要用我最后的勇气
向你深深地诉说

你若是那水中的白莲
我愿做你脚下的淤泥
永爱着你的青春与美丽

你若是那林中的仙子
我愿做你脚下的绿茵
深爱着你温暖的脚印

木瓜集

二十七

你把春天的花遗失在冬天的夜里
春天来了
你却听不到花开放的声音
但是，窗外的花仍在开放
虽然你闻不到它的花香

无题

二十八

我曾怎样地恋着一个姑娘
在她走过的林荫路上
都有我寻觅的目光
和徘徊的身影
如果她能蹲下身来抚摸我的爱恋
我绿色的梦啊　也充满了温馨

在一个有风的早晨
她曾飘然而至　像轻盈的云
所有的树荫都变得碧绿起来
小草也都蓦然回首　看她飘舞的裙

而今的季节
早已是落叶纷纷
林中只剩下寒冷的黄昏

吞没着我
和我孤独的脚印

二十九

阳光下的我突然流下眼泪
我不停地问自己
这究竟是为了什么
这究竟是为了什么

只因有风温柔地吹过湖面
只因湖边的花开得有点寂寞

三十

夜色就这样悄然地降临
那金黄的蝴蝶怎么还没回来
在这逐渐浓黑的夜里
它能否找到回家的路

我仿佛听到
它远远地向我寻觅的声音

三十一

你曾是只受伤的小鸟

偶然飞到我的枝上

风雨来袭的时候

我努力保持镇静

怕你　怕你

跌落在地　再次受伤

如今我已长成高大的木棉

你是否还在天空飞翔

如果天空太远

疲惫的翅膀不能载你回家

你是否记得我高大的肩膀

曾是你栖息的地方

三十二

你问我

雨为什么一直淅淅沥沥在下

我说

春雨想听我们缠缠绵绵的情话

在这样的雨天

我们可以等待阳光

等待阳光像雨一样落下
春天也需要恋爱
需要阳光去温暖它的恋人
让它的情人变成一朵美丽的花

但即便是在没有阳光的雨天
春天也深爱着它的恋人
不信，你可以静静地听那雨声
那是春天在牵着它湿润的手
在春天的土地上行走
而在春天的身后
即将开放出春天的花

三十三

天又下雨了
好在是春雨　不冷
正好湿润着一直冬眠的泥土
我们可以一起出去走走
带上你的油纸伞吧
看看春天的雨是否把春天湿透
我们也可以坐在窗前
看春天的雨是否跟着春天的脚步在走
我们谈论着春天
也许　也许明天

春天的阳光就会汹涌而来
今夜　我们把窗户打开
倾听春天是否悄悄地来临

三十四

如果你愿意
我可以做一棵开花的树
开出很多很多的花送给你
只要你在树下
细细地数我开放的花朵
静静地听我开放的声音

如果你愿意做那棵树
那我就做你树下的泥土
让你的每一条根
都深深扎进我的身体
我将仰望你每一片枝叶
在我的天空织成温暖的绿荫

三十五

昨夜　昨夜
北方的秋风悄然吹起
我寄一片枫叶给你

不知它能否随风到达江南

不知它到达江南的时候

是否依然红艳

一如青春的你

等到二月花开的季节

我将回到江南

你是否会在有月亮的晚上

在青枫浦上

或在枫桥边

等我

昨夜　　昨夜

北方的秋风悄然吹起

我寄一片红叶给你

让它带上秋天的祝福

给远在江南的你

三十六

我的思念像铁轨一样漫长

路有多长

铁轨有多长

我的思念就有多长

你看到纵横的铁轨紧紧镶进大地的脊梁

木瓜集

一如我的思念深深地刻进我的胸膛

自从你去了远方
我的思念也延伸到那遥远的地方
远方的你啊是否知道
在无数个因为思念而忧伤的夜里
我对着遥远的方向
为你祈祷　为你祝福
祝你途中的隧道都很光明
祝你一路的桥梁都很通畅

无 题

三十七

今夜　因为我不再想你
所以月色显得格外澄明
而在月落的时候　我又站在窗前
等你熟悉的身影

当我逐渐　逐渐地老去
再想起你我曾经的爱情
我是否还会像今夜这样
为你　为你泪如雨倾

如果那时我们还能相遇
我将用苍老的目光

抚摸你长满皱纹的额头
和你布满老茧的双手

如果我们始终不能相见
也请你为我珍重　珍重
我心里有你青春的笑容
我的天堂也有你年轻的笑声

三十八

多么幸运
在一个春天　遇到青春的你
我在轻轻敲打你的窗户
你却仍然守着寂寞的门
你看不到窗外白玉兰的开放吗
你听不到布谷鸟催播的声音吗
那是春天的声音
那是春天的声音
你把春天的钥匙放在哪里了
亲爱的
快打开门　打开窗户
快放春天进去
春天都是你的啦
我也是你的
正如你是我的

你是我的春天

三十九

如果你明天失恋
我和月亮一起去看你
如果你明天收获幸福
我仍然送你七月的风
　　　　和八月的雨

只是
我身边的云
总想流向远方
而远方的梦依然遥远

四十

有时
心中突然涌起阵阵波涛
常常要把我击倒
总希望在那样的时刻
你就在我身边
给我坚强的臂膀

如果那样的时刻

无题

是一个有月亮的晚上
坚强的你啊
一定是我坚强的月光

四十一

我的心宛如破碎的玻璃瓶
我小心地把它一片一片地拾起
想把它拼成一个完整的形状
但只要往事一旦轻轻地触摸
我的心立刻变得生疼　生疼
我只能用疼痛的泪
和忧伤的血
将它一层一层地包裹起来
让它变成珍珠那样的结晶
当你不经意地发现
是否知道
那都是我破碎的心灵

四十二

雪依然在下
请把赞美春天的话给我
我要把它们送给冬天的雪花
我要看着它慢慢地下

再慢慢地融化成春天的花

四十三

在这静静的雨夜
我就等着你来
你可以举着你的花纸伞而来
也可以迈着凌波的微步而来
我的窗前开满了芬芳的百合
你只要闻着花香就能找到我的窗台

无 题

这是夏天的夜晚
我等你来
不是听那雨中残荷的哭泣
也不是听风中断雁的哀鸣
我为你沏好了一壶新茶
来吧，和我一起饮些夏日的清凉

我听到雨中沙沙的脚步声
是否你正朝我的窗台走来
窗外的芭蕉纷纷举起宽大的叶子
替你遮一遮未停的风雨
我用满屋的茶香迎你
连同窗外的花香

四十四

今晚我不去散步
只因窗外下起了小雨
我有很多很多美丽的伞
但我仍然不会去散步

我知道，日日走过的池塘
今晚一定涨满了雨
池中的青蛙仍然等我
等我听它夏夜的歌曲
岸上的石头和石头下面蜿蜒的蜗牛
也在等我熟悉的脚步
雨中的树叶和树下的小草
也将在寂寞中变得更加碧绿

但我今晚真的不去散步
我还要等待轻柔的风从雨中吹过
和我一起倾听青蛙的歌曲
如果蜗牛也能歌唱
就让它唱一首我们从未听过的歌曲
最好还有温柔的灯光在雨中亮起
让我看到小草与树叶的碧绿
如果石头也变得润泽起来
就让它也湿润出一片新绿

可是　今晚没有风，也没有灯光
只有窗外这些细细的雨
那就把今晚的雨都送给我的池塘
再让我的池塘把湿润送给青蛙与蜗牛
把碧绿送给小草、树叶与石头
而我将把自己的脚步留给明天的早晨
不管明天是否有风　有雨
我都会去池塘边　走一走

无题

四十五

亲爱的，请别生气
你抬头看看天上
有云彩，有星星
有月亮的天空多么神奇
我给你一双风之翼
你可以飞，飞到天上
摘月亮做你的甜蜜
摘星星做你的幸福
摘云彩做你的美丽
但你一定要记得回到地上
因为我还在这里
等你，等你

四十六

我真的对你生气了
所以我不再把你比作天上的星星
永远挂在天空
而要把你比作流星
让你一片一片地
坠落在我的诗中

四十七

即使什么都不说
我的心情你也能懂
即使我不为你祝福
也请你为自己道一声珍重
珍重　珍重
珍重你的未来
珍重我的梦

四十八

多想和这温暖的阳光一起拥抱着你
让春天的花开在你我的掌心
如果你像花儿一样睡在我的怀里
我就在你芬芳的梦中穿行

四十九

爱你
爱你像玉一样的名字
爱你像花一样的年纪

如果有一天你像花一样老去
你的名字仍然温润如玉
我把你所有的年轻和美丽
留在我温润如玉的心里
一次次呼唤
呼唤你像玉一样的名字
就像呼唤你曾像花一样的年纪

无题

五十

你，真是一个坚强的敌人
紧紧地关上你温柔的门
不管我如何进攻
却总是攻不进你小小的城

五十一

我的蔷薇开在你寂寞的夜里

没有羞涩　也没有美丽
只有绿色的风悄悄地告诉我
你正在远处无声地叹息

五十二

我是蔚蓝色的风
漂泊在你蔚蓝的天空
我看到了你蔚蓝的眼睛
你却看不到我蔚蓝的心情

五十三

我的心是小小的寂寞的城
等你来叩　叩我久闭的门

五十四

当落叶飘满我的发间
我已不再是青春少年

五十五

为什么风来了
树却沉默不语

五十六

我的祝福正在春天的路上
尽管它是一路风雪走来

五十七

生命是如此的卑微
宛如空中飘零的羽毛
跌落在地上
发不出半点声响

无题

五十八

多想轻轻地敲你冰冷的窗
用我温暖的手掌
多想看看你窗内的灯火辉煌
用我忧伤的目光

五十九

总有快乐的风从林间吹过
总有忧伤的叶子从树上飘落
但是　路还在向远方延伸

多少繁华与喧哗都变成了沉默

六十

当你抚摸着我眼角的鱼尾纹
告诉我已不再年轻
我说那是岁月的刀子
无意间在我身上留下了一道伤痕

六十一

岁月给了我一把无情的刀子
让我在爱人的额头上刻上细细的皱纹
可是我不忍心
就随意在自己的脸上写了爱人的名字
没料到多少年之后
人们都把那两个字叫作"爱情"
只有我的爱人知道
我写的是不断生长的伤痕

六十二

如果天空也有忧伤
那所有的狂风暴雨
都是它流给大地最忧伤的泪

为什么我的眼里不再有泪
却还要凝望苍天
就好像蔚蓝的天空
能看到我忧伤的眼睛

六十三

无题

为什么泪水再次决堤
在这个不再下雨的日子里
只因为想起了那个阴冷的夏季
想起了你温暖的名字

想起你和我一起在校园里谈诗
想起你在灯下看我颤抖的笔迹
想起我的失落变成你的焦急
想起我的幼稚荡漾着你的笑意……

当泪水终于化作忧伤的记忆
给我一个梦吧
不管梦里是深深地凝视
还是无言地别离

六十四

让我的泪水再做一次孤独的远行吧
即使还没有到达终点
泪水就已干涸
我也请你允许我在远行之前
向你唱一支告别的歌
你不必　要我在歌声中坚强
珍重的话　我也不必再向你诉说

如果我的泪水在歌中滴落
就让它湿润一次你疲惫的脸
或风尘的额
此后任凭你是轻轻地微笑
微笑如一支轻柔的歌
还是和我一样在哭泣中憔悴
憔悴成一株未开的花朵
我都将继续远行
直到我变成远方的河

六十五

这被百灵鸟歌唱过的土地
为什么只剩下乌鸦的栖息
这生长过高大白杨的土地

为什么只有丛生的荆棘

这有过丝绸般云彩的天空

为什么也在慢慢失去美丽

给我，给我一片潮湿

让微雨再一次湿润江南的杏花

我要让你再一次走进古老的巷里

我要再一次看你卖花的足迹

无题

六十六

有风从南方吹来

我仿佛闻到了海的气息

多想在一个月光的晚上

去寻找那只最美的贝壳

收藏海的眼泪

也收藏你哭泣的声音

六十七

当石头爱上了鲜花

我相信那是最神奇的匹配

鲜花一定盛开出坚强

石头也将变得温柔如水

你看，你看

夜色中的鲜花
正在石头的背上优美地沉睡
恋爱中的石头
睁开如水的眼睛多么美，多么美

六十八

如果你问我现在真实的心情
我愿意真实地回答
我的心仍然忧伤得难以平静
但即使是这样的心情
我也愿意真心地祝福
祝你一生幸福　安宁

分手以后
你的消息我一直不敢打听
多少年来
你我仅此一次故作平淡的问候
但我的心里
仍然保存着当初的真诚

如果此刻有暴风雨的来临
我一定请你稍作停留
等风雨歇息
你再开始新的远行

我仍然愿意再次目送
目送你风雨中的背影

六十九

很想在这个寒冷的冬夜为你写些温暖的诗
可你哪里知道我病痛的身体在战栗
我是如此的不堪一击
却仍然不能忘记远方的你

无 题

如果我在这个寒冷的冬天离开你
仍然请你为我唱一支温暖的曲子
我不是要你给我最后的慰藉
而是我的心里充满了你春天般的记忆

我可以是那温暖的雪粒
为你湿润这个寒冷的冬季
哪怕我就消失在你伸手之际
只要你愿意　　只要你愿意

今夜如果你有温暖的梦忆
梦中定有雪花温暖的呼吸
也有我温暖的情意
这一切想必你还是那么熟悉

七十

如果你是美丽的白云
我就是你漂泊的天空
如果你是正开放的花
我就是你生长的土地
如果你是飞翔的海鸥
我就是你追随的海洋

当我的歌声从海上传来
请你细细地听
听我心中的波涛
就好像深情的大海
在倾听着海鸥自由地飞翔

七十一

我的河床早已裸露
带着沙砾，也带着淤泥
我的涛声也不再潮湿
连同我的呜咽与哭泣

但只要我还有一滴水存在
我都努力地澎湃
为的是迎接你年轻的旅行

并缓缓地穿过我的身体

多少年以后
我也许会变成淤积的陆地
或是冰封的湖
你该到哪里寻找我的踪迹

无 题

七十二

我们曾在江边
曾在中秋的夜里
一起点燃孔明灯
让江边的风将它轻轻吹起

我们曾经目睹那盏小小的灯
吹过宽阔的江面
直到它变成了天上的一颗星星
那时，我们还曾许下一个小小的心愿
希望我们的梦想越飞越高
就像那盏吹上夜空的灯

而今，我们依然记得
那个中秋的夜　风轻月明
尽管我们都不再年轻
但我们的爱情依然明亮

一如那曾经点亮的灯
一如那依然闪烁的星

七十三

昨夜　　昨夜
又一个不眠的春夜
再一次响起春雷
好像响在我的耳边
又好像响在你的眼前
春雷过后是冰冷的春雨
好像落在我的心间
又好像洒在你的窗前
而在冰冷的春雨之后
正有你无尽的泪水
在悄悄地流过不眠的脸
你是否也在泪水中
和我一样担心
那些未开的花
能否受得住这场风雨
那些返青的柳条
能否禁得起这番春寒

七十四

在这个春天的夜里

我就等着你来

等你在黑暗中疯狂地舞

虽然没有月亮

但我一定能看见你凌波的舞步

无题

在这个黑暗的春天的夜里

我等你来

到了明天

你还是湖边沉默的柳

我仍是湖中哭泣的鱼

七十五

雾来了

我看不到你的身影

但我能听到你的歌声

如雾　　如风

雾散了

你却消失在雾中

连同你缥缈的歌声

无影　　无踪

七十六

你走在秋天的雨中
在你的身后
金黄的银杏纷纷飘落
还飘着一阵阵的低吟
——那不是我，是风

七十七

多想在花开的时候看到你
在一个宁静的黄昏
在一个微风的月夜
牵你的手
看你在月下
如盛开的花朵
看你在风中
如摇曳的花朵

七十八

总想在你面前
为你唱一支古老的歌
尽管你离我很远

并不知道我的快乐与伤悲

如果我在歌中落了泪
请不要帮我擦干久违的泪水
你只要问问沉默的自己
歌声是否打动了你久闭的心扉

无题

如果我哽咽不成歌
请不要问我的心是否寂寞
你只要细细地听
我仍在心里为你轻轻地唱
唱那支哽咽的歌

七十九

你在巷中给我热烈的吻
曾在我的心里燃烧起火焰
宛如杜鹃花开在寂寞的林中
像血一样火红　火红

如今的深巷
你已不在
只有蝴蝶在巷子的上空低低地飞
只有苔藓在青石板上悄悄地生长

八十

我从你的玻璃窗前走过
你能看见我的身影
却看不见我的心
我能看见你向我招手
却听不见你笑的声音

八十一

你说
你的田野开满了金黄的油菜花
我说
我的田野也将开满红色的紫云英

我不知道我们的田野隔得有多远
也许我们之间只隔着一道春天的门
或是隔着一条浅浅的河
甚至你在我的下游
就能听到花开放的声音

如果我的眼睛也变得金黄
那一定是你的油菜花
映到了我透明的天空
如果你的天空飘过一朵红云

那应该是我的紫云英
飘进了你羞涩的眼睛

八十二

我的零花钱都给你
去买春天花花绿绿的服装
但我所有的积蓄都留给冬天
不是为了抵御冬寒
而是为了包裹冬天的阳光
　　为了掩饰
　　春天受过的伤

无 题

八十三

如果你一定要走
也请你在我的梦中稍作停留
我的梦境是如此的广阔
你一定感觉到无虑无忧

如果你一定要像风筝一样飘走
我只想提出一个小小的请求
给我一根风做的丝线
但我不是要束缚你的自由
而是想让我梦醒之后

能看到我那双好像还在握线的手

八十四

蓝天不是白云的梦想
尽管白云倚靠着蓝天的肩膀

如果有风吹来
它一定随风而去
哪怕消失在遥远的地方
但蓝天依然在这里蔚蓝
蔚蓝如你的心　　如我的目光

八十五

庄稼来自土地
也将还原为土地

你和我
也都将如此

八十六

你的呼吸触摸着我
我醒了　　看到你

正用美丽的早晨吻我

也吻着我透明的窗

窗外已是春暖花开

八十七

黑夜终归过去

黎明从不迟到

无题

但即使是黑夜

也有黑夜的美好

它可以让我们默默地流泪

让我们静静地听自己的心跳

八十八

每当夜色降临

请你拥我入怀

给我温柔的睡眠

但我们也可以肩并着肩

或者

你坐在我的身边　我的对面

用你的心注视着我的心

用我的眼凝视着你的眼

八十九

我不是怨妇
我只是在看
　　　看春风又一次吹绿了江南岸
　　　看大雁又一次飞过青楼
　　　看狐帆再次远去
　　　　　　而长江依旧在天际奔流

九十

梅花谢新妆，柳絮飘黄。
锦书空寄少年郎。
情到深处总是伤，犹自难忘。

春梦太匆忙，才见斜阳。
又是幽帘月昏黄。
梦里曾经千万好，怎不思量。

莲梦

LIAN
MENG

我生长在一片小小的池塘
这里有溪水潺潺流过的石头
还有蛙声在岸边的草丛中回响
可是有谁知道我绿色的叶子
在这炎炎的夏日为何长出如许清凉

望　你

我曾经仰望如水的苍穹
等待你如繁星般坠落
坠落在我的海中
化作一串闪光的珍珠
藏在大海最深最深的地方
或是在海中消失得无影无踪
但我一定去海中寻你
寻你如海上苍茫的灯

可你并未落到大海的深处
只是偶然落入戈壁的荒芜
就悄然变成沙中的玉
我也是在一个偶然的时刻
发现遥远的戈壁如烟如雾
还以为戈壁中有风也有雨
却不知道那是你　是你
在戈壁的沙中寂寞地哭
但我的海洋仍在等你　等你
在每一个月落　每一个日出

黑夜的寂寞与忧伤

莲 梦

你像黑夜一样忧伤
寂寞地站在我的窗外
我多想为你点一盏明亮的灯
照见你流泪的脸庞

但即使是在这样黑暗的夜里
我也能找到你颤抖的手
并将你的手放到我的脸上
你会发现泪水
正悄悄地流过我的脸庞

黑色的夜啊
原也是我的寂寞　我的忧伤

栀子花开

如果你遇到了芬芳的栀子花
你一定会情不自禁地陶醉
一如我遇到年轻而美丽的你
也会毫不犹豫地赞美

为什么在栀子花开的季节
你我却要分别
你一定知道我们好不容易
走过三月的凄冷　四月的阴霾
才迎来这江南的五月
栀子花开的五月
尽管今年的栀子花
开得并不热烈

如果真的不得不远别
请让我为你挑最美的一朵
别在你的胸前或插在你的鬓间
请一起带上我的芬芳

踏上你遥远的旅途

直到栀子花逐渐枯萎　逐渐凋落

凋落成途中寂寞的歌

等你转身之后

所有的栀子花纷纷凋谢

我一定为你珍惜

栀子花的种子与落叶

等你从遥远的地方归来

不管那是在阴冷的三月

还是在湿润的五月

莲梦

莲的梦想

木瓜集

我生长在一片小小的池塘
这里有溪水潺潺流过的石头
还有蛙声在岸边的草丛中回响
可是有谁知道我绿色的叶子
在这炎炎的夏日为何长出如许清凉

如果你从我的桥上走过
请你停下脚步　等风从水面吹来
你看我叶上的珍珠纷纷坠落
宛如有人在你年轻的怀里落泪
无声地诉说爱情的潮湿与忧伤

带上一朵郁金香吧

莲 梦

带上一朵郁金香吧
在你上路的时刻
如果不是为了我
也请你为了自己旅途的寂寞

带上一朵郁金香吧
在你挥手再见的时刻
如果不是为了我
也请你为了那首寂寞的歌

带上一朵郁金香吧
在你忍不住回首的时刻
如果不是为了我
也请你为了今夜的星光依然闪烁

带上一朵郁金香吧
在你见不到我的时刻

如果不是为了我
也请你为了这最后的郁金香
开在你手中，永不凋落

七叶树

莲|梦

今天我在佛堂的前面
看到一棵古老的七叶树
仍长着丰富而碧绿的叶
于是我在树下许一个心愿
等我苍老如佛前这棵古老的树
请佛允许我
仍然有这些碧绿的叶

如果那时
你还是一个年轻的施主
也在这样一个炎热的夏季
来到佛的面前许一个心愿
请你先在我的树荫下停留，细细地看
看我苍老的躯干和碧绿的叶子
然后拈一炷香
或是摘我一片绿叶
温柔地请求
请求佛保佑你一生幸福而且平安

稻草人的爱情

你曾是一只快乐的小鸟
在我的天空飞翔
也曾与我耳语　嬉戏
嬉戏在我的手上和嘴上
当你受伤或是疲惫
也曾停留于我的肩膀

因为日晒和雨打
如今我已不成人形
没有了双手
也没有了肩膀
你已不再为我停留
甚至嘲笑我的模样
嘲笑我在太阳下　在风雨中
也不知道挪一个地方
可你哪里知道稻草人的心啊
只要我还有一根骨头　就依然昂首
昂首于蔚蓝的天空
为的是能看到你优美地飞翔

只是因为我没有了嘴
也没有了眼睛
所以　所以
你看不到我的悲伤

莲｜梦

给 你

在所有温柔地想你的日子里
我的岁月都在指间悄无声息
直到春天悄然地变成了冬天
我的手中仍攥着你给我的月季

在所有因你而忧伤的日子里
泪水常常像潮水一样涌起
我一次次地把它堵在深深的眼眶
没想到最后的时刻它仍然决堤

在我用青春等你的日子里
你的背影写满了别离
我只当你要做远方的游子啊
还让三月的东风将柳絮一次次吹起……

如果有一天我还能遇到你
请让我吻你发白的鬓丝
并在你的耳边轻轻地说
我一直没有把你忘记

若是今生难以再见一次
我也会躺在爱人年老的怀里
温柔地告诉他　我的心
还记得另一个年轻的名字

莲梦

我的思念是一条长长的海滩

我的思念是一条长长的海滩
等你　等你的海浪朝我涌来

也许你是温柔地卷我
我把洁白的沙滩都留给你
请你一定要湿润地待我
待我每一片羞涩的沙滩
如果你离去　请卷走所有粗糙的沙砾
只留下细细的沙　和小小的贝壳

也许你是汹涌地朝我袭来
但我不会害怕
因为我也是疯狂的海滩
你看我把沙滩延伸得那么长　那么远
甚至每一粒沙子都屏住呼吸
等你疯狂的波浪一次次将我淹没窒息

海啊

我也许不是你唯一的陆地

但我是你永远的海岸线

因为有你

我不再是荒芜的沙滩

你看我湿润的岸

也有了蔚蓝的屋　碧绿的树

还有盛开的百合　缠绵的茑萝

莲梦

我的爱情是一场战役

木瓜集

我的爱情是一场战役
一个人的爱情就是我一个人的战役
本想把最坚硬的武器投向最温柔的敌人
伤害的却只是我自己

所有受伤的泪都能凝结成一首诗
每一个字仍然是坚硬的刺
将心再次刺得鲜血淋漓
却不忍心温柔地还击

只要爱情不死
我的战斗就永无休止
即使一个人孤独地奋战
我也要战斗到底
哪怕是用自己的武器把自己杀死
我仍然是爱神最温柔最坚强的战士

我想变成一棵大树

我想变成一棵大树

不管脚下是柔软的土壤

还是坚硬的岩石

我都要不断地生长

直到我的枝干伸到无穷远

让所有的小鸟都能栖息在我的枝上

如果有暴风雨的袭击

我每一片叶子都将竖起

变成一堵厚实的墙

把所有的风雨挡在墙外

鸟儿仍沉浸在温暖的梦乡

如果有一天我不得不老去

我也希望那是一个晴朗的天

鸟儿们含着我枯萎的枝叶

飞向更温暖的南方

而我将在那个夜里

悄然告别它们　和我脚下的土地

带着美丽的笑容

不带一丝凄凉

多想做一棵幸福的树

多想做一棵幸福的树
在一条寂静的路口等你悄悄来临
等你赞美我的叶子那么碧绿　那么年轻
等你帮我合上幸福而又羞涩的眼睛

在一个有阳光的黄昏
我远远地听到你来的足音
我抖擞着把全身的枝叶都挺立起来
还有我刚长出的新芽
　甚至我斑驳的树影

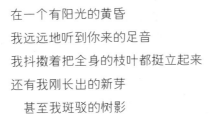

但你　但你
竟转到另一个陌生的路口
只留给我一个渐渐远去的背影
让我痴痴地望着暮色渐深渐浓

而今　而今
我的落叶都已飘零
你是否也已白发丛生

假如我走来

假如我走来
而你正准备起程
请让我和你一起看窗外是否天晴

假如我走来
而你已经离去
请让我看你风雪中渐去渐远的背影

假如我走来
而你的背影已经消失
请让我在夜里倾听远去列车的轰鸣

假如我走来
却听不到列车鸣叫的声音
请让我在灯下回忆
回忆你温暖的笑容

草原上的花

莲　梦

我是草原上一朵寂寞的花
今天你来到我的身旁
请问你来自何处
你说你来自遥远的南方

现在正是我最美丽的季节
不远处就有白色的毡房
毡房上飘过朵朵的白云
牧羊人正在白云下守护着牛羊

冬天来临的时候
你已回到温暖的南方
牧羊人和他的牛羊也离我而去
你是否记得这个美丽的夏季
我曾在草原上为你静静地开放

我希望

我希望能有一双明亮的眼睛
在每一个暴风雨来袭的夏夜
给每一个迷路的蝴蝶
指点回家的方向

我希望能有一片蔚蓝的天空
让所有的大雁
都能在冬天来临之前
安全地飞到遥远的南方

我希望能有一个丰收的果园
在冰雪封锁大地的时候
还能长出一片新绿
温暖着饥饿而劳碌的身影

我希望能有一个荒凉的坟墓
葬我于春暖花开的季节
我的骨头将留给春天的雨水
让它把荒凉的坟墓滋润成温柔的草坪

我以为

我以为

我已经把你忘记

忘得没有一点痕迹

而在这个忧伤的夜里

不眠的我又一次将你想起

想起你我曾经温柔地拥抱

想起你在我怀中温柔地呼吸

想起那是一个多么幸福的时刻

连窗外的月亮也紧紧靠着柳树的枝头

久久地　久久地　不愿分离

我以为

我的心已是绝望的井

再也没有思念的波浪涌起

而在这个有风的夜里

白发的我又一次将你想起

想起你年轻的笑容

想起你飞扬的黑发　飘舞的裙子

想起那是一个多么美丽的时刻
连草尖上的露珠也微笑着滴落在地
草地上满是芬芳而又潮润的气息

木瓜集

我不相信

我从不相信，一阵寒流
就能冻结所有温暖的记忆
我也不相信，一股冷风
就能吹走树叶眷恋秋天的情意

在这个寒冷的冬夜
你给我的风铃依然高高挂起
为的是让我想起，想起
我曾面对晴朗的星空
向你表白温暖的情意

即使我所在的南方冰封成新的北极
即使南方的玫瑰都凋谢在这个寒冷的冬季
我也要去更加遥远的南方
寻找高大的木棉和温柔的沙砾
等待美丽的花开，也等待丰收的果实
我把这些都寄给北方的你
连同南方这些温暖的种子

莲 梦

遥远的南方有一只候鸟

木瓜集

遥远的南方有一只候鸟
栖息在南方的芦苇荡里
那里有碧绿的青苔　浅浅的芦苇
也有泥土潮湿而腐烂的气息

我用整个的夏天等待那只候鸟
等它离开南方发霉的雨季
等它来到我迁徙的北方
尽管我的北方干涸而又荒凉
但我仍然用蔚蓝的风　迎它
并用绿色的曲调为它吹起悠扬的短笛

若有一个晴朗的早晨，它在你的窗外
像南方的布谷鸟一样唱着播种的歌曲
请为我种下新的芦苇
等到秋天，我的候鸟一定飞回南方
飞到它的芦苇荡，寻那生长的种子
——那在秋天依然碧绿的种子

如果在一个寂静的夜里
它决定朝我的北方飞来
请在南方的夜空放一颗星星
我也在北方的窗前亮起明亮的灯
这样我就能看到它黑色的翅膀
一路做着温暖的飞行
——飞行中有它优美的轨迹

莲 梦

有一团火在燃烧

有一团火在燃烧
燃烧在我年轻的夜里
我用这火光
看到了北方无边的黑暗
而在黑暗的远处
就是你熟睡的南方

如果你突然在半夜里醒来
你也看不见这北方燃烧的火光
只有我知道　只有我知道
火燃烧的地方
就在　就在
我的心上

但你一定知道
一定知道这火的忧伤
它燃烧了整整一夜
没有照亮南方　北方
只是让心烧得
更加寒冷　更加凄凉

我在遥远的南方思念你

我在遥远的南方思念你
那里有一道你望不到的山
山里有一座你望不到的木屋
屋里有一个你望不到的我
我的心里有一个你望不到的你

我就在这样的心里
这样的屋里
隔着那远远的山
温暖地思念着
北方的你

北方的河

木瓜集

我们曾在江边
说起童年的故事
于是年轻的我们
也有着岁月的河

如今我们都已长大
你愿否涉江而过
采江南最美的芙蓉
给远在北方的我

如果江南的花期已过
请你化作未开的芙蓉
我将变成北方的河
缓缓南流
流到明年的六月
美丽的你啊　盛开在水中
所有的江面
连同我所有的波浪

都将变得芬芳

一如童年的故事

有欢乐　也有忧伤

|莲|梦|

南方的女神

南方的女神啊

你有丰富的河流与湖泊

还有池塘与沼泽

请你给我一尾南方的鱼吧

我已用所有的泪水

在这北方的沙漠

湿成了一条河

请让南方的鱼游到我的北方来

最好游到我的心里

因为我的心里也有一片湿润的湖

如果你也能来

我把最后的湿润留给你

请让我吻你

吻你像南方一样温暖的脸庞

吻你像南方一样柔软的肩膀

然后让我在你怀里慢慢干涸

干涸成一片新的沙漠

雪落在春天的土地上

雪落在春天的土地上
空气似乎还有些寒意
但这毕竟是春天的土地啊
这毕竟是我南方的土地啊
雪落到地上
都变成了春天的水滴

我静静地站在窗前
看到雪花优美地落地
忽然想起风雪前的阳光
禁不住想起温暖的你

多想告诉北方的你
请不要在春天哭泣
寒冷的冬天早已成为过去
让我们一起等待　等待
窗外的阳光再次温暖　再次美丽

莲梦

即便是在这风雪的日子
我们也能感到春天的气息
只要我们伸出温暖的手
雪融化在我们的手中
就像融化在春天的怀里

如果你因为思念而在深夜里哭泣
我愿意邀请你来
来到南方　看我温暖的土地
只要你来　只要你来
哪怕是在这样的风雪里
我都愿意等你　等你

在春天的夜里

莲梦

在这个春天的夜里
一定有些让我感动的力量
我仿佛看到
蜡梅正痛苦地褪去最后的严妆
柳条正将碧绿艰难地移上树梢
蚯蚓正坚强地钻出冬天的土壤
还有沉重的脚步正趟过冰冷的河床

在这个春天的夜里
我的天空一定有你飞翔的影子
虽然没有月光
只要你看到我温柔的眼睛
就会知道飞翔的方向

在这个春天的夜里
还有呼啸的风　凄冷的雨
但请你一定坚强地飞来
我仍在北方等待南方的你
等待玫瑰开在你飞翔的翅膀
等待我的眼睛为你开出紫罗兰的馨香

天竺葵的种子

为什么
和煦的风后还隐藏着寒流
难道
仅仅因为一次寒流就要推迟整个春季
要知道
所有的泥土都已变得潮湿
所有的柳芽都在等待变成碧绿的丝

我愿意把第一缕温暖的阳光
留给那些依然沉睡的土地
也留给渴望生长的天竺葵的种子
等待它长成妩媚的花朵
我愿为它写下最美丽的诗

可是，有谁能告诉我
南方的阴霾还要持续多久
有谁能告诉我
在南方阴霾的天空后面
是否还有阳光眷念着这南方的土地

写给夏天

远行的人啊

你们要到哪里去

在这炎热的夏日

连鸟儿都不在天空飞翔

连花儿都要藏在深夜里开放

你们　你们为什么一定要远行

如果你们一定要远行

我将送给你们每人一片夏天的树叶

再赠给每片树叶一个清凉的名字

如果你们在远行的路上遇到河流

也请你们给每条河流取一个凉爽的名字

如果旅途实在艰辛，或者孤独

那就请你停下来做一个清爽的梦

回忆一下春天刚融化的冰

　　　　　秋天正在凝结的霜

　　　　　冬天正在飞舞的雪

还有夏夜偶尔吹来的

莲梦

微微的风
或是某个夏日傍晚下过的
细细的雨

我就在前方的林中等你

莲 梦

你啊　林中的精灵
可知我在等你　就在密林的前方
请你带着逍遥的梦而来
还有梦中的蝴蝶　和它金黄的翅膀

林中有带刺的玫瑰　飘香的百合
正生长着甜蜜的爱情
所有的树上都有美丽的鸟巢
巢中的鸟正爱抚着雏莺

请你不要停下来欣赏
我正在前方的密林　等你
远远地　我已看到了你奔走的身影
还有你踩在落叶上的声音

如果你听到林中有阵阵松涛传来
也请你不要停下来倾听
我正在青翠的林端

朝你远远地招手欢迎

当你终于看到我悄悄地招手
请你轻轻地走入林中
但不要踩到那些瞌睡的蚯蚓和蜗牛
它们喜欢在晨梦中蜿蜒地爬行

我是一个荒芜的湖

我是一个荒芜的湖
你又能在我的湖中生长些什么
没有伐木的声音从遥远的林中传来
也没有温柔的风从我的水面吹过

如果你想来到这里
我的岸边已没有盛开的花迎你
这里的垂杨只剩下枯萎的根
水莲花也都变成了化石

只因今夜你真的来到这里
我的湖面竟然下起了雨
石上的青苔
有了湿润的心
雨中的蝴蝶
也张开了沉重的翅膀

现在　远处的风正缓缓吹来

莲｜梦

我想化作迟开的荷花
让你看我最后的美丽
我愿为你摇曳
摇曳满天的芬芳

你若是天上漂泊的云
我愿意在我逐渐干涸的湖面
为你留下美丽的倩影
你若变成荒原上的马
我愿意在我逐渐坚硬的湖底
　　为你留下奔走的足迹
　　或是在我深深的凝望中
听你远去的嘶鸣

绝望的湖

莲|梦|

我以为

我的心是绝望的湖

将你深深地埋在湖底

你就变成了僵硬的泥土

而今夜　远方的风还未吹来

月亮还在做着相思的梦

你却如沉睡的仙子

在我的湖面悄然苏醒

这样的时刻

宛如我们初次相遇的那个夜晚

你就当这里还是昔日的横塘

你就当我还是那个目送你远去的少年

我把所有的泪水都变成湖面的涟漪

就请你用凌波的身姿

为我跳一段最美的舞曲

哪怕这真的是最后一次

当风终于从远方吹来
月亮也从相思的梦中苏醒
你再缓缓地谢幕

我会尽量把湖面装饰得风平浪静
人们将看不到湖面受伤的模样
还以为今晚仍然是月白风清

沉　醉

莲｜梦

我在一个玫瑰花开的酒吧
已经点好你最爱的醉虾
就等着你来
我要像虾子一样在酒中沉醉
不要说杯子醉了会碎
我只要你看着我的沉醉
不要管我是不是心碎
因为我的心碎了也想醉

夜有多少忧伤
夜就有多少疲惫
不眠的灯光都是它的沉醉
所有的花香
也都是花儿在夜里开放的眼泪
不要让银河太亮
也不要让街灯太刺眼
最好它们都去入睡
所有的光亮都是夜的暧昧

请把黑暗还给黑夜
只留下你
只留下你眼中的明媚
看着我在夜里沉醉

请让我沉醉
请让我沉醉
沉醉在这个春天的夜里
沉醉在你春天一样温暖的怀里
不要说我颓废
不要说我颓废
只因明天　只因明天
我不想再为你流泪
今夜就是我最后的沉醉

江南

你说你是五百年前从我怀中坠落的莲子

早已轻盈　轻盈如水上的雾

我若是那碧绿的采莲女子

能否我到你叶间游戏的鱼

江　南

你说你是千年以前那只关关鸣叫的睢鸠
曾经见过一位年轻的采荇的姑娘
不知她手中的荇菜是否变成水中的化石
一如蒹葭上的白露化作厚厚的霜

你说你是五百年前从我怀中坠落的莲子
早已轻盈　轻盈如水上的雾
我若是那碧绿的采莲女子
能否找到你叶间游戏的鱼

你说你是多年以前羞涩地为我开放的花
仍在寂寞的江上绿如蓝　红如火
如果今年的秋天依旧云淡风轻
我能否摘你　摘你最美的那一朵

可我只是江南重新长出的一棵柳
当你刚刚离开古老的码头
我依然在这里静静地等待
等待你疲惫的脚步和深情的回眸

江南的雨

江南的雨啊
为什么总湿润我的双眸
那梅子黄时的满城风絮
莫非都是我千年的闲愁

我走过烟雨中的楼台
六朝的女子已化作美丽的云
我也问过清明时节的牧童
你已不在我熟悉的杏花村

难道　难道
你就在淡妆浓抹的西湖边上
那远远的雨中断桥
可是你我相会的地方

今天我为你摇来了西湖的画舫
你能否认出我是你曾经的新娘
你若看到水中碧绿的娇羞

可曾认出那是我深深的凝望

假如你是湖中静静等我的水仙
我愿意化作十里荷花
或是三秋桂子
和你一起　和你一起
在西湖静静地绽放

我看到了春天的阳光

我看到了春天的阳光
这是风雪之后温暖的阳光
这是迟来的春天的阳光
这是我们渴望已久的阳光

道路抖落浑身的泥泞
满载着阳光伸向远方
远方正有桃花的笑　鹧鸪的叫
小草也高兴得碧绿起来
甚至把绿色带上了树梢

也许，你正在阳光下面
不由自主地微笑
就像风中静静开放的百合
就像对着阳光轻摇的小草

也许，阳光在你身后紧紧追随
而你正在阳光前面奔跑
就好像你是春天最美的女儿
阳光多想把你轻轻地，轻轻地拥抱

如果你是春天的白玉兰

如果你是春天的白玉兰

我愿是你芬芳的叶子

看着你静静地开放

闻着你淡淡的花香

不说一句赞美的话

也不给你欣喜的目光

但你一定能感受到

我们之间有种无言的美丽

如果有纯洁的云从天上飘过

让我们一起仰首望天

让天上的云见证，见证

我们相依的这段时光

当你的花朵开始凋谢

我的叶子也将枯萎

当我们一起飘落在秋天的土地上

我们将紧紧相依

如果有一条温暖的河从我们身边流过

请它把我们的种子留下
留在它温暖的河床上
等待下一个春天
等待你下一次的开放
也等待我下一次的芬芳

江 南

只有布谷鸟才知道

你问我春天的第一犁泥土
何时翻耕
你问我春天的第一粒种子
何时播下
你问我春天的第一场雨
何时滴在苏醒的田里
你问我春天的第一缕炊烟
何时升到乡村的空中
——这些　我都不知道
也许　也许
只有布谷鸟才知道

你问我，布谷鸟
何时从温暖的南方飞来
你问我，布谷鸟
何时飞到北方的梦里
你问我，布谷鸟
何时为春天的土地歌唱

你问我，布谷鸟

何时为春天的种子祝福

——这些　我也不知道

只有　只有

布谷鸟才知道

只有

布谷鸟才知道

江南

我是春天的第一只蝴蝶

我是春天第一只醒来的蝴蝶
我从春天的夜里醒来
我从春天的森林里醒来
可是
我看不到花的灿烂
我看不到鸟的庄严

一个声音在黑暗中告诉我
去寻找另一片森林吧
一个比心还要柔软的森林
一个比梦还要温暖的森林
那里没有黑暗
即使是在夜里
即使不睁开眼睛
也能看到花的灿烂
也能看到鸟的庄严

是的，我一定要去寻找

我将沿着比树更加笔直的路
告别比黑暗更加黑暗的黑暗
去寻找那柔软而又温暖的森林
哪怕森林在很远的地方
哪怕是比远方更加遥远的远方
我依然要去寻找

我听到有风在我身边呼啸
好像是从远方的森林吹来
好像在召唤我的翅膀飞翔
　　顺着那黑暗中的声音
　　顺着那风来临的方向

江 南

路

路从来不与我争论
只管伸向前方
尽管我已经在路上
路也不告诉我
前面是什么地方

也许前面有悬崖
它不会提前让我听到瀑布的巨响
也许前面有绿洲
它也不会提前让我闻到泉水的清香
——路，就这样一直伸向远方

山中读《聊斋》

如果你愿意，请到山中来
请陪我读一读《聊斋》吧
在水边的石头上面，或是在山间的小路

江 南

请选择那些优美的章节
尽管那些章节都是以优美开始
　　　　　　　　而以悲剧结束
但只要你用心地读
我都用心地倾听
尽管你看不到我落泪的样子
但我心中一定会深深地感动

你可以在书中慢慢寻找那些美丽的女子
请不要害怕，尽管她们可能是花妖狐魅
只要她们有了善良的爱情
就会永远年轻
即使是死
也一定要死在年轻的岁月

我可能不是你的知己

也不曾得到你的爱情

但只要你愿意来到山中

只要你愿意为我读

我都愿意倾听

直到你读得白发苍苍

而我也将老如山中的古木

或是凝霜的枯藤

你的名字

——写在石评梅与高君宇的墓前

你的名字就像忧伤的故事
还没到达故事的终点
就已让我泪流满面

你的名字就像远逝的风声
任凭我在梦中不断地呼唤
也带不回半点回音

你的名字就像不死的精灵
让我在你坚硬的墓碑上
读你温柔的爱情

庐山的恋人

——观电影《庐山恋》有感

庐山的恋人啊
你究竟在什么地方
眼前溪水流淌　云雾苍茫
我该在哪道山径　哪座山峰
将你寻找　将你守望

也许，也许
你正在琴心湖的中央
或在白桦树林的前方
也许，也许
你是云雾中的阳光
可云雾散后
为什么只有清泉的回响

我曾想隔着冰冷的雨水抚摩你的脸庞
可我触摸的是冰冷的窗
我曾想在冬季和你一起享受美丽的雪景
就像我们共享温暖的阳光

可我的泪水早已把我的双手冻僵

我曾想在梦中和你一起闻那山花的清香

究竟是谁　是谁

惊动了你啊，我的恋人那甜蜜的梦乡

哦，是远来的大雁，远来的大雁

在传达你遥远的呼唤

也传达我的思念　我的渴望

江南

观电影《城南旧事》有感

总有些灯红酒绿

让我想起堕落

总有些金碧辉煌

让我感到迷惑

总有些四通八达

让我的心情纵横交错

只有诚实的庄稼

和泥泞的道路

让我想起喜悦的收获

也让我想起辛劳的耕作

只有童年澄明的眼睛

一如山中温柔的花朵

让我想起开放的美丽

却在开过之后无言地凋落

只有少年纯洁的歌声

一如远方的驼铃

让我想起透明的森林　清澈的泉响

观电影《楚门的世界》有感

我在斐济的沙滩上等你

我在斐济的阳光中等你

江 南

等你和你的独木舟

从太平洋驶来

带着太平洋的风

随着太平洋的浪

不管遇到怎样的急流

我都用我的歌声

还有斐济的阳光

深深地把你召唤

纵使你沉没在太平洋的风暴中

我仍然歌唱

直到你在太平洋的深处

还能听到我嘶哑的歌声

读书有感

有一种岁月叫作人世沧桑
有一种年代叫作天地玄黄

女儿的眼里总含着母亲的泪水
父亲的泪水总流过儿子的脸庞
苦难都变成沉默
勇敢都变成绝望

多少年之后
远望大海
还能听到涛声的凄凉

多少年之后
伸出枯萎的手
还能看到骨头的忧伤

我想给你讲我父母的爱情

我想给你讲我父母的爱情
不管是在烛光下还是在风雨中
如果你被感动　也可以不带手巾
我会尽量讲得不带感情

江 南

那是一个饥饿的年代
没有人愿在观音土中寻找爱情
贫穷的父亲啊
拿什么迎娶我的母亲
他只是说　即便是讨饭
我也背着你去　讨一生

这是我长大以后
年迈的父亲
当着我白发的母亲
无意间说起的一份爱情

他们此后的回忆
我也说不清
只是记得这句话
至今仍让我泪如雨倾

如果有一天我们也成了父母
如果我们也慢慢地变得不再年轻
孩子们问起我们的恋爱
我还要不要告诉他们的父母的父母的爱情

六月的乡村

江南

这是六月不死的乡村
只要还有一个人在
哪怕只是一位老人
只要他还能站起来
看到自己耕种的影子
他就可以告诉你
这个乡村永远不会死亡

六月的父亲

父亲，你站在六月的阳光里

戴着金黄色的麦草帽

让我想起四月的麦浪

那绿色的温柔的麦浪

那曾让你的皱纹为之起伏的麦浪

可是，绿色的麦浪

怎么一下子变成了金黄的热浪

这金黄的热浪紧紧包裹着你

将你的草帽燃烧成金黄的颜色

你的头发似乎也要烧成金黄的颜色了

唉，父亲

你朝风的方向望一望吧

呼吸一下凉爽的空气

不要让六月的炎热窒息了你

可是，这该死的天气

竟然没有一丝风

那你站到树荫下喘一口气吧，父亲

可是，所有的树都离你很远
只有脚下的禾苗
阴影刚够着你赤裸的脚

我看，我们还是回家吧
等天气稍微清凉一下
再来耕种这燃烧的土地
可你为什么不动也不语
你还在像往常一样等待黄昏吗
等待黄昏的风吹来
你再摘下金黄的草帽
看风轻轻地吹过禾苗
就像风吹过绿色的麦浪
可是，这是正午啊
正午的阳光正在烧烤着你
和你脚下的土地
父亲

八月的父亲

每到八月
我的喉咙就变得干涸
而田野里的父亲
身上总是一道道的河

父亲身上的河啊
不尽地流
却怎么也流不进
我干涸的喉咙

冬天里的母亲

那是来自乡村寒冷的风
呼啸着告诉我
田野里仍然站着疲惫的母亲
我的冬天仍然没有温暖的太阳
我只能雕像般沉默　沉默
却不敢沉默在风中
怕的是遥远的母亲
望着我流下热泪
——那些热泪流到我的心里
却都变成厚厚的冰

母亲的呼唤

只想听你轻唤我的名字，母亲
就在这寒冷的冬夜
可你竟然慢慢地老去
你的声音再也传不到这遥远的北方

如果没有温暖的风
让我听到你呼唤我的乳名
也请给我一个温暖的梦，母亲
让我想起小时候
你在黑夜里焦急地寻找
寻找我这个贪玩的孩童

然而这是怎样的一个冬夜啊
没有风，也没有梦
只有冷冷的月明
大地如此寒冷
连我的名字都结着厚厚的冰

有谁问过

有谁问过寂寥的夜晚
为何不再有雁群飞翔的身影

有谁问过晴朗的天空
为什么寒冷的风依然寒冷

有谁问过冰封的土地
还需要等待多久才能苏醒

有谁问过冬眠的种子
何时才能睁开温暖的眼睛

有谁问过疲惫的母亲
为何还要在冬天劳作不停

我在寒冷的北方
思念遥远的母亲

我在寒冷的北方
思念遥远的母亲
我把手远远地伸向南方
却找不到母亲温暖的手

站在这冷冷的天空下面
我四处寻找温暖的风
想要装满春天的口袋
等着阳光再次照临大地
让春天把这些温暖的风
分给每一个寒冷的乡村
分给每一道冰封的河流
也请它把最后一缕温暖
留给我寒冷的母亲
让冰封的河流重新流过乡村
也流过母亲枯萎的足迹

当温暖的风终于吹到遥远的北方

我仿佛也能闻到乡村的芳香
就好像母亲的手
温暖地抚摸我的脸庞

江 南

除夕，我遥远的乡村

我以为我在这个城市漂泊了多年

熟悉了它每一条街道和每一座楼房

我就可以淡忘我贫穷的故乡

我以为在这个城市有了一个藏身的地方

藏着我的妻子和儿女

我就是它永久的居民

可以享受它温暖的灯光

可是在这个除夕的夜晚

当我听到城市的钟声回荡在每一条街上

我却想起了那个遥远的山村

父亲为我准备的年货

已早早地挂在厨房

还有母亲的白发和拐杖

守着每一道村口

思念的心情都变成了盼望的目光

我突然想起

我还没有在这个除夕的夜里

给那些逝去的祖先点一炷香

像小时候那样恭敬地敲上三声磬响

今夜　我遥远的山村

一定燃放烟花爆竹

孩子们手中的灯笼也都亮起

照着他们年轻的脚步和崭新的衣裳

多想看看烟花绽放的夜空

还有那爆竹声中

一张张黝黑而喜悦的脸庞

江南

而今夜

在这个繁华而孤独的城市

没有人问我来自何方

只有我心里知道

在我遥远的故乡

白雪笼罩乡村

还有看家的狗

好像在将我深情地张望

我仿佛听到了深夜的犬吠

正把我从城市接回到故乡

回　家

就这样启程吧
尽管外面的风雨并没有停
但遥远的乡村
即将敲响新年的钟声

就这样启程吧
尽管路上都是拥挤的人群
但年老的父母
早已准备好除夕的笑容

走吧，走吧
城市不是我们永远的家
只有，只有
乡村才是我们古老的根
每一棵苍老的树
都能记起我们的年龄
每一条年轻的路
都在等待我们风雨兼程

回家，回家

回到乡村的家

抬起我们疲惫的脸

也举起我们幸福的酒杯

给每一个亲人温暖的问候

也向丰收的土地深深地鞠躬

江 南

多想告诉你，妈妈

多想告诉你，妈妈
我已提前买好了回家过年的车票
尽管排队买票的人很多
但我买票的那天起了好大的一个早

多想告诉你，妈妈
我已上了回家的车道
今年回家的天气真好
窗外的阳光和我的心一起在欢跳

多想告诉你，妈妈
我带着孩子一起回来了
孩子已经会喊"奶奶好"
还会祝福爷爷"新年好"

多想告诉你，妈妈
妹妹也从打工的地方回来了
她说今年在外虽然还是苦

但收入总算不比去年少

多想告诉你，妈妈
请在村口等着我
但我怕你等得太久了
你还是在家中等吧
等我回家后
一定给你紧紧的拥抱
我知道，你又老了不少
但请你不要给我眼泪，请给我欢笑

江南

故乡的梦

我常常梦见故乡的土砖房
每到夏天起风的时候
家中总是八面来风
而今的房子全用石头和混凝土砌成
爬山虎再也爬不上那些坚硬的墙

我常常梦见故乡的路上
总有一种泥泞的感觉
每当我摔倒的时候
总有母亲温暖的手来扶起
而今的路啊全凝结在水泥里
我使劲地跺脚
却跺不出半条蚯蚓
我没有鱼饵来诱惑水中的鱼
眼睁睁地看着它们逃进了太平洋

我常常梦见春天耕种的时候
白鹭总是在新翻的泥土中觅食

泥鳅也总喜欢在这个时候和泥土一起翻滚
而今　白鹭飞向遥远的天边
泥鳅也钻到泥土的更深处
剩下的只有孤独的萤火虫

　　和几个营养不良的青蛙
在夏天的夜晚　相向而眠
还有那不会欣赏麦浪的麻雀
据说也被人喊作了喜鹊

江 南

我常常梦见隔壁人家的枣树
我曾在无人的黄昏
用小石子砸几颗青红的枣子
塞进早已猴急的嘴里
如今枣树已化作奶奶的棺木
再也没人给我最红最红的枣
让我吮吸秋天那甜蜜的滋味

城市的钟声

城市的钟声早已敲响

告诉每个人去寻找各自的家门

为什么路灯一直亮到深夜

难道深夜的街上还有寂寞的人

还有那些闪烁的星星

究竟是天上不灭的街灯

　　　　还是夜行人寂寞的眼睛

如果我在深夜的街上遇到了他们

我该停下脚步问一问他们的姓名

　　　　还是继续一个人前行

如果他们问起我　为何行色匆匆

我该回答他们

是在寻找城市的黎明

还是在寻找城市的钟声

城市与乡村的对话

你说你的城市总是很忙

没有时间去数天上的星星

也从未抬头看过夜空的月亮

城市的高楼很高

却仍要不断地生长

每当黄昏约会的时候

月亮总挤不上柳树的树梢

汽车火车的轮子不停地转

而马路上总有人拿着地图

在寻找城市的方向

如果没有寒潮的袭击

没有人知道冬天的来临

因为城市的屋子总是充满暖气

让人觉得整个冬天充满阳光

只有几个流浪到城里的诗人

在瑟瑟发抖地寻找诗情的时候

突然想起一个有风的夜晚

白杨树的落叶哗哗作响

江南

赶快写下这样的诗句

"秋天到了，冬天不再是远方"

我说　我的乡村还是那个模样

每当炊烟升起在暮色之中

我就看到牛背上的夕阳

正缓缓地落下山冈

伴随着母亲黄昏的呼唤

牧童的歌声嘹亮在回家的路上

乡村所有的道路通向田园

路边还伴随着小溪的流淌

只要我停下来细心地观察

总能看到鱼虾在水草中捉着迷藏

乡村的四季仍然分明

没有暖冬的出现　因为

初冬的溪水仍结着薄薄的冰霜

迎春花仍在下雪的日子

等待着春天如期地开放

夏日的知了

仍在清风半夜中歌唱

秋天的大雁

仍列着古老的队形飞向温暖的南方

今天又是一个晴朗的天

你是否听到阳光下面布谷鸟的叫声

你能否想起四月的油菜地里一片金黄

还有六月的夏夜

蛙声处处　稻花飘香

十月的田野

十月是地里的棉花

叶子逐渐枯萎

茎也逐渐地老去

但花开得雪白耀眼

如果你是秋天的蝴蝶

你一定愿意睡在那雪白的花里

还要在花里做一件

暖暖的　软软的　秋天的睡衣

十月是田里的稻子

被秋风吹得羞答答的

被秋日照得沉甸甸的

只等农夫来收割

收割之后遍野是稻草

如果你是那顽皮的牧童

那些草啊一定会成为你的稻草人

你可以让它们立正稍息

或者向秋天敬礼

感谢秋天给了人们粮食
　　也给了你游戏

十月是热闹的果园
豇豆的花还没开完
就展示起修长的身体
萝卜从地下探出圆圆的脑袋
脑袋上的几缕长须透出些淘气
辣椒似乎有些着急
甚至急得涨红了脸庞
它们都想让秋天看到自己的身体
希望秋天赞美它们的成熟与美丽
如果你还是被妈妈牵着手的孩子
请你提着竹篮背着背篓
或是牵着黄昏的老牛
将秋天放在牛背上
　　放在篮子里篓子里
和妈妈一起将它们带回家
和秋天一起丰收着喜悦　甜蜜

江 南

一只流浪的猫

好几个晚上
我都听到一只小猫在寒风中叫
也许是主人要堵住寒冷的风
早已关紧门窗
甚至小猫回家的小小的通道
而我　而我
也只是半夜里醒来　偶然听到

也许它和曾经流浪的我一样
原本是一只流浪的猫
可它也该有父母温暖的怀抱
也许它早被父母遗弃
但也许它的父母在寒风中冻成了冰条

我听到它的叫声越来越凄凉
就好像是一个婴儿半夜里的哭叫
叫到后来，声音渐低渐细
细到我担心它会在这寒冷的冬夜死掉

当我终于从温暖的被窝中挣扎而出
开门寻找它哀鸣的地方
却发现门外寂然无声
只有月正悄悄　风正萧萧

江 南

雪的联想

是鲜花，你该在夜里静静地开放
而你却在城市的天空飞舞
是霜花，你该洒落在树枝上或草丛中
而你却在人间到处留下踪迹

哦，雪花，在这寒冷的冬夜
你把大地打扫得如此干净
你把街道装饰得如此美丽
却没有惊动城市片刻的安静

难道你是在提前告诉春天的消息
可是三月未到
春风也未到
难道你是在迎接新年
可是所有的火车汽车才刚刚起程
你就忍心挡住孩子们回家的路

也许你是听到了我家宝宝半夜的哭声

他在梦中闹着要堆一个雪人
所以你连夜从塞外赶来
来到这个南方的城市

要不，我现在就告诉我的孩子
可他仍在熟睡
嘴边还露着笑容
——莫非你已在窗外
悄悄地告诉了这个春天般的消息

江 南

雪 花

雪花，雪花，我看到你在天上飞呢
可惜我的手很脏
等我把手洗干净了
再来找你玩
这样我就不会
弄脏你的白衣裳

雪花，雪花，我已经出来啦
正准备找你玩游戏
可我看到你往地下一钻
怎么一下子就没了踪迹

雪花，雪花，我正在四处寻找你呀
你在我的身边飞来飞去
我根本找不着你
我想用手抓你
可我一伸手
你却不见了

152

只在我手上留下了个湿印子
难道你还嫌我的手脏

哦，原来你是不喜欢我把你抓得太紧
就从我的指缝溜走了
那我就打开巴掌
任你落到我的手心里
如果你怕我抓你
我现在就把眼睛闭上
你放心地落到我的手中
请你不要再落到地上
你看地上好脏　好脏

哦，你真的来了，真的来了
即使是闭着眼睛
我也感觉到你正落到我的手上
我悄悄地把手合上
轻轻地，轻轻地合上
哈哈，你终于被我抓到了
可是，我一睁开眼
你怎么又不见了

我给冬天穿上厚厚的衣服

木瓜集

冬天来了，孩子感到很冷

于是，母亲给孩子戴上手套

　　　——那是手的衣服

给脖子系上围巾

　　　——那是脖子的衣服

冬天来了，大树感到很冷

于是，落叶纷纷坠落

坠落在大树的脚下

紧紧地护着大树的根

　　　——落叶变成了大树的衣服

冬天来了，小河的鱼儿感到寒冷

于是，河水不再流动

并结成美丽的冰

冰的下面是温暖的水

　　　——那美丽的冰，是我让小河送给鱼

　　儿的衣服

冬天来了，大地也感到寒冷
于是，我召来雪神
让它降下厚厚的雪
——那白白的雪呀，是我给大地穿上的衣服

童　年

童年的时光早已成为过去
一如那撕去的日历
只有美丽的童话和遗弃的玩具
还保存在我童年的记忆

有一次，我用小小的积木
搭了一座美丽的城堡
我是城堡中美丽的王子
希望白雪公主在遥远的国家
等我去迎接她，做我的娘子
我用雪花片做成了很多的嫁妆
轻轻放进她和我崭新的房子
我在房子中间放了一张大大的床
还在床上刻满了我和她的名字
只因我一不小心碰倒了城堡
连床上的名字也破碎在地
想到公主还在遥远的地方等待
我伤心得只有哭泣

直到妈妈拥抱着告诉我

公主还未长大，我也只是一个孩子

等到下雪的日子

她要把我打扮成一个美丽的王子

和我一起，和我一起

去遥远的地方迎接白雪公主

迎接我美丽的娘子

还有那七个可爱的小矮人

都可以接来住在我们的城堡里

江 南

从那以后，我便时常望着窗外

盼着下雪的天气

从春天盼到了冬天

从白天盼到了夜晚

从窗前盼到妈妈的怀里

阳光下的圆明园

我以为
我已在父亲的记忆中知道了你最终的结局
我便不再伤心
我以为
我已在母亲的回忆里目睹了你燃烧的过程
我的心已变得坚强
于是在一个阳光灿烂的下午
我勇敢地来到了这片遗址

可是
在这温暖的阳光下面看你的废墟
我的心却冷到极点
抚摸废墟中那些坚硬的石头
我的心却变得异样柔软

只因为
历史的舞台上
胜利者的欢歌

总要伴随着
失败者的悲歌

只因为
我是失败者的后代
至今仍含泪
唱着失败的歌

江 南

多么希望
所有的目光在废墟面前都充满沧桑的泪
多么希望
所有的镜头也像废墟一样满怀忧伤
我甚至愿这里没有欢笑
也没有阳光
就让废墟这样沉默下去
沉默是对历史最好的记忆
尽管有人会在沉默中遗忘

当夜幕静静地降临这里
一如历史的帷幕缓缓落下
轻轻地掩盖起这个民族的忧伤
只留下我在这里
尽情地为他流泪
黑夜里我仿佛看到
那些坚硬的废墟也变得柔软
一如阳光下我曾经柔软的心

中国啊，中国

中国啊，中国
为什么让我为你欢呼
又为你默哀

你在黑夜中是否害怕
风雪的袭击
或是
大地的震动

中国啊，中国
请你告诉我
黎明前的黑暗是否特别沉重
一如我心中的震痛

今夜
请你把火炬给我
让我照见你忧伤的泪

中国啊，中国

在这个春天的夜晚

我为你写下温暖的诗句

写于 2008 年 5 月 12 日

人 民

给我一支笔
我要蘸上世上最浓黑的墨汁
再给我一张纸
　　世上最洁白的纸
我要在纸上写下两个字
人　民

中国的清明

江南

一想起清明
我们就想起唐朝
想起唐朝的杜牧
在清明的那一天
他遇到了一场雨
在安徽的池州
在皖南的土地上
遇到了纷纷的细雨
并把它写进了清明

从此以后
我们中国人都担心清明那天
会不会遇到下雨的天气
但我们更担心的是
清明那天不下雨
仿佛没有被湿润过的清明
就不是清明
仿佛没有被唐朝的雨淋湿的清明
就不是中国的清明

如果清明真的下了雨

如果我们也遇到了那位牧童

我们就向他打听打听

唐朝酒家　是不是还在前方的杏花村

当牧童遥指杏花村的时候

我们要看看他手中的柳条

是从灞桥折来的那枝

还是二月春风剪出的那枝

我们还要问问他

是否知道自己被写进了唐诗

被写进了清明

并告诉他　从唐朝以后

中国的清明不仅细雨纷纷

而且杏花纷纷

那湿润在细雨中的清明

那弥漫在杏花中的清明

那摇摆在柳条中的清明

才是我们中国人的清明

才是从唐朝就开始让我们断魂的

中国的清明

9 月 23 日的哀思

——悼念恩师余恕诚先生

老天大概是提前安排了结局
但它可能也有些心虚
不忍带走这样一位好老师
所以今年的夏天常常下雨

可是老天还是把我们的老师带走了
当它看到那么多人为之伤心、痛惜
大概也跟着难过
所以从 8 月 23 日到今天 9 月 23 日
它也常常流泪不止

今天，老师走了一个月
整整一个白天都是这样的风雨交加
老天终于知道自己错了，开始悔恨
一如我们为老师的离去而泪雨飞洒

要是老天早一点知道自己的过错
该有多好

它就不会带走我们的老师
这样，即使有风雨
我们也不怕，因为有老师在
所有的风雨都将变成美丽的诗
就像李商隐那首用春雨写成的《无题》

不是说好人一生平安吗？ 可是老天
你给过我们的老师多少平安的岁月
不是说老天有眼吗？ 可是我想问
老天，你究竟有没有眼
如果有眼
为什么看不到老师未竟的事业
为什么看不到我们难舍的双眼
为什么看不到我们挽留的双手
为什么听不到我们祈祷的声音

老天啊，你怎么让夜幕降临得这么早
你要用夜色来掩藏自己的悔恨吗
可是，你知道在这风雨交加的夜晚
有多少银杏的叶子飘落在地
有多少湿润的桂花悄悄坠落
那是我们枯萎的期盼
那是我们无声的哭泣

写于 2014 年 9 月 23 日